KB211840

햇빛 두 개 더
고영민 시집

문학동네시인선 222 고영민

햇빛 두 개 더

시인의 말

이건 연습이에요.
연습일 뿐이에요.

2024년 9월
고영민

차례

1부 분명 우리에게 내일은 슬픈 것

3부 반그늘

1부

분명 우리에게 내일은 슬픈 것

늙은 시

꺼내 다시 읽어보니
그새 늙어 있다

망실되었구나, 너도 나처럼
서랍 속에서

원망하지 마라
네가 널 이렇게 만든 것이다

무엇에도 도달할 수 없다

창밖의 눈송이가
눈보라로 바뀐다

마태복음

아버지 고창선은 어머니 김도화를 만나
6남 6녀 12남매를 낳고
큰형 고명규는 5남 2녀를 낳고
큰누나 고순희는 3남을 낳고
둘째 형 고흥규는 지금은 세상에 없지만
1남 3녀를 낳고
둘째 누나 고순홍은 2남을 낳고
셋째 형 고준규는 1남 1녀
셋째 누나 고선화도 1남 1녀
넷째 형 고상규는 지금은 세상에 없지만
1남 1녀를 낳고
넷째 누나 고난영은 2남을 낳고
다섯째 형 고운규는 1남 1녀
다섯째 누나 고난희는 2녀
여섯째 누나 고난미는 1남 2녀
12남매 중 막내인 나 고영민은
2녀를 낳고
⋮
⋮

분명 우리에게 내일은
슬픈 것
비로소 그때 새로운 사랑은 오지

카잔역

건너편
여자를 물끄러미 바라보았다
호보백을 안고 있었다

그녀도 나를 쳐다보았다
—무언가 다른 사건이 생기길 바라는 것처럼
우리는 잠깐 서로를 보는 눈이 같았다

나는 그녀의 숨소리를 느꼈다
심장소리를 들었다

누가 날 믿어주겠어요
근사한 말 좀 해봐요

레일을 밀며
내가 탄 기차가 천천히 움직이기 시작했다
아니었다
내가 탄 기차는 그대로 있고
맞은편 기차가
사라졌다

그해 오늘

오랜만에 만나 함께 점심을 먹고
체한 듯 속이 더부룩하다고 하여
약국에 들러 소화제를 사 먹이고
도산공원을 걸었다
그해 오늘 저녁 그녀는 심근경색으로 쓰러져
깨어나지 못했다

그해 오늘
나는 또 그녀를 만나 점심을 먹고
커피를 손에 들고 도산공원을 걷는다
팔을 벌려 오늘의 냄새를 껴안는다

납골당에 다녀온 조카가 단톡방에
사진을 올렸다
—1주기야, 크고 뚱뚱한 엄마가
  어떻게 저 작은 항아리 속에 들어간 걸까 ㅎ

동의 없이 무언가를 빼앗긴
사람들을 생각한다

그해 오늘
삼풍백화점이 붕괴되었다
갈라파고스땅거북의 마지막 개체인

외로운 조지(Lonesome George)가 죽었고
아시아의 물개 조오련은 수영으로
대한해협을 건넜다

그녀를 만난다, 그해 오늘
그 거리에서

아직 찾아오지 않은 시간의
일이지만

나는 나의 감옥처럼

피 흘리는 짐승입니까
지나가는 사람입니까
쓰러져가는 담장
허공의 심장소리
방파제를 뛰어넘는 파도입니까
달려가는 냇물입니까
얼굴을 가리고, 지우고 가는
기억입니까
태어나자마자 갖게 된 병입니까
제풀에 꺾인 바람입니까
울 때 같이 우는 사람입니까
자꾸만 귀에서 나는
소리입니까

지나가는 감정

이번 비로
오디는 단맛을 잃었습니다
장딸기도 물크러져 무심해지기는
마찬가지입니다

가까운 곳에서
먼 곳으로
보이지 않는 것들이 지나갑니다

입술을 주고
입술을 훔쳐갔다 합니까

모르게, 조금씩 천천히
열매들이 제 둘레를 쓸어 담습니다

돌이킬 수 없습니다
나는 공연히 엉뚱한 곳을 봅니다

오디와 장딸기와 나는
다시 돌아올 리
없습니다

남의 이야기

주말 저녁 무렵
아내가 내민 음식물 쓰레기통을 비우러
밖에 나왔는데
아파트 옆 동 쪽으로 걸어가는
할머니의 뒷모습에 깜짝 놀랐다
영락없는 내 어머니였다
돌아가신 지 삼 년 된 어머니가 다른 모습으로
아직 이승에 살고 계신 건 아닐까 하는
생뚱한 생각으로
한동안 쳐다보았다

어제 퇴근길
사내아이의 아빠, 하고 부르는 소리에
뒤를 돌아보았다
딸만 둘인 내가
모르는 사내아이의 아빠, 하고 부르는 소리에
왜 돌아보았을까

립싱크
―노래는 입술을 기억하고

이 노래가 어떻게
내 입술에 왔을까

입에 붙은 노래가 떠나지 않고
온종일 입가에 맴도네

애인이 자주 부르던
눈물을 사가던

애인이 흥얼흥얼 노래를 부를 때면
애인 속에 살던 노래는
애인의 몸을 돌고 돌아
입술에 돋고
울새 둥지 위에 앉고

아, 애인은 노래의 내부
노래의 숙주

홀로 입술에 올려놓고 키우며 돌보던

애인이 죽어
노래마저 죽은

사랑의 불가능

나무는 잎을 지웠다
이제 새를 모을 방법이란 무엇일까

시효가 있는 걸까
사람 사이에도

불이 붙지 않는 재와 같이
물 위로 떨어지는
눈송이같이
일생을 다하고 폭발하는 별과 같이
울지 않는 새와 같이
새가 없는 하늘같이

나의 날은
베틀의 북보다 빠르고*

사랑은 멈출 리 없고

헤어짐은 누구의 잘못도 아니다
그저 만남의 시기가
끝난 것이다

* 욥기 7장 6절.

자축

비둘기 몇 마리가 나란히
운동장에 앉아 있다

천천히 몰려다니며
흙과 모래뿐인 바닥에서
무언가를 쪼고 있다

먹는 시늉을 하고 있다

시늉이라도 해야
잊힌다는 듯
해야만 하는 일을 마땅히 하고 있다는 듯
연신 고갯방아를 찧고 있다
아무것도 바라보지 않는 표정으로
이쪽을 쳐다보고 있다

바람은 흙먼지를 모아
빙글빙글 몸을 만들다가 허물고

배를 다 채운 비둘기들이
일제히 손뼉을 치며 운동장 위로
날아오르는 시늉을 한다

검은 넥타이

지난밤이 흘리고 간 걸까
길가에 떨어진
저 넥타이

밤의 한 마디,
한 구절 같은

슬픈 일이 생기겠지
나에게도 곧

밤은 한 번도 늦은 적이 없으니

아침은 길 위에 수습하지 못한
어둠 하나 올려놓고
보낸 적 없는 누군가를 조문하는데

얼마나 울었느냐
밤을 건너느냐

밤의 유족이나 될까

검은 넥타이를 주워
목에 감고

형식들

가수 심신 닮았다
배우 신현준 닮았다 소리를 가끔 듣는다
드라마 〈고독한 미식가〉의
고로 상 닮았다고도 했다

닮은: 내가 아니면서
남도 아닌 것 같은
물론 나도 늘 나일 수만은 없겠지만

한번은 공원을 걷는데
개 한 마리가 팔짝팔짝 반긴다
목줄을 당기며 여자가 개에게 말했다
아빠 아니야
다가갈수록 개는 나를 더 반긴다
아빠 아니라니까
환대를 외면할 수 없어 손을 내밀자
개는 손을 핥고
잠깐 냄새를 맡더니 외면한다
죄송합니다
우리집 아빠랑 많이 닮아서요

모임에 나가면 박목월 시인 닮았다
박인환 시인 닮았다 얘기를 가끔 듣는다

잘생긴 시인들이다
누구는 9·11 테러의 배후로 지목된
오사마 빈라덴을 닮았다 했다

하지만 가장 만나보고 싶은 사람은
개가 착각할 정도로 나를 닮은
그 집 아빠다

보트를 쓴 남자

이 인용 보트를 머리에 쓰고
한 남자가 내 쪽으로 걸어온다

얼굴은 보트 속에 파묻혀
보이지 않는다

그는 쓰고 온 보트를 벗어
물가에 내려놓고는
손등으로 이마의 땀을 닦았다
머리가 희끗한 중년의 사내였다

사내는 호수에 보트를 힘껏 밀어넣더니,
그 위에 올라
천천히 노를 젓는다

호수는 햇빛과 바람뿐
물은 호수의 이름으로 빛난다

쓰고 왔던 기다란 모자가
사내를 태운 채
미끄러지듯 앞으로 나아갔다

여전히 그게 나이기에*

수면 내시경을 위해
팔에 주삿바늘을 꽂고 기다린다
간호사가 링거 밸브를 돌리며 말한다
약 들어갑니다

전원을 끄면 우리는 사라지지
손에 닿지 않는 무언가를 나는 골똘히
생각하고 있었고

정신이 드세요
일어나 앉아보시겠어요
콧노래가 지나간다

벗어놓은 나를 다시 입고
속옷을 추스르고
바지를 잠그고
양말을 당기고

다 끝났으니 말인데,
나는 나를 한순간 어떻게 알아보았을까

여름에 가까운 늦봄,
종합검진을 마치고 병원 구내식당에 혼자 앉아

— 야채죽을 먹는다

* 페르난두 페소아의 시 「사랑의 목동」에서 빌려옴.

—

혼잣말

아까부터 왜 계속 저곳에서
서성이는 걸까

눈송이처럼

할말이 있다는 듯
머뭇거리다가 서둘러 사라지는

차마 꺼낼 수 없는 말을 맛보면서
혀끝으로 입천장을 만지면서
끝내 아무 말도 못하고, 삼키고
더이상 네가 보이지 않게 되었을 때

무람해진 너를 위해
오늘은
그곳에 있을게

우리는 지금 막 만났고
나를 웃게 해

망고가 가장 맛있을 때

망고나무가 꽃을 피운 지
딱 115일이 지나면
가장 맛있는 망고가 열린다는

3달, 그리고 3주, 그리고 3일
3을 세 번 더한

샛노란 망고밖에 모르는 내가
왜 노란 망고가 아니라
초록 망고를 따느냐 묻는다면
아이들은 까르르 웃으며

그건 같은 망고

나무에서 딴 초록 망고가
딱 먹기 좋은 노란 망고가 되는 시간은 닷새

둘러봐도 나무에 달린
노란 망고를 보는 건 쉽지 않은 일
겹겹의 하늘과 땅, 나무의 시간을 기다린
노란 망고의 처음

그리고 하루, 이틀, 사흘, 나흘

닷새!

망고는
끝내 무르고

감은 눈

여기는 저녁이 일찍 옵니다
밤이 되면 정말 캄캄합니다
산 아래 집 불빛이 꺼진다면
어둠은 완성입니다
어둠은 어둠 밖에 있습니다
미모사는 벌써 잎을 닫고
신갈나무 숲과 바위,
새와 짐승과 초목의 이름도 어둠입니다
누가 어둠을 목에 두르고
얼굴 없이 오고 있습니다
가고 있습니다
보이지 않습니다
보일 리 없습니다
어둠을 끌어다 나는 얼굴을 덮습니다
감은 눈을 한번 더
감습니다

새의 순간

너는 날개를 갖고

황급히 커다란 새를 안고

나뭇가지에 부리를 문지르고

마치 하나인 것처럼

높이

오래 떠서

수많은 오늘이 쏟아지는

빛이 가득한 두 그루 목백합나무 사이에서

두 사람처럼 혼자

내려다보는 기분으로

지금은 걷지만

불현듯 뛰지만

춤의 끝

고향은 버섯 철이겠네요
바구니 한가득 당신은 버섯을 따오고

창가의 커튼이 춤을 추네요
상냥한 마음으로
다정한 목소리로

당신은 없어요
하지만 내가 당신 곁에 있을게요

저녁 앞에 머물러요
보이지 않는 것은 사라지지 않죠

치마가 바람에 부푸네요
왼쪽 숲으로 가겠어요, 해바라기밭을 지나

걱정하지 말아요
기억은 다 볼 수 있어요

막 문을 열고 들어와요
검은 진흙이 잔뜩 묻어 있는 신발로
당신은 바구니 한가득 꾀꼬리버섯을 들고

나는 기뻐요

2부

일껏 쉽게

나는 그 저녁에 대해

저녁 무렵
대문 앞에 와 구걸을 하던 동냥아치가
마당에서 놀던 어린 내게
등을 내밀자
내가 얼른 그 등에 업혔다고

누나들은 어머니 제삿날에 모여
그 오래된 얘기를 꺼내 깔깔거리고
내가 맨발로 열무밭 앞까지 쫓아가
널 등에서 떼어냈단다

오늘도 어김없이 남루한 저녁은
떼쓰는 동냥아치처럼 대문 앞에 서서
나를 향해 업자, 업자
등을 내미는데

정말 나는
크고 둥글던 그 검은 등에
덥석,
다시 업힐 수 있을지

웃는 소년

소년은 길을 가며 웃었다

마주 오는 사내가 화를 내며 소년을 때렸다

소년은 웃었다

코와 입가에서 피가 흘러내렸다

손등으로 피를 닦으며

소년은 웃었다

소년은 웃으려고 태어난 사람 같았다

작은 몸 속엔 늘 웃음이 가득했다

공기가 가득찬

꽈리 같았다

원근

한 량 기차가 겨울 들판을 달립니다

강은 단단한 얼음이 되어 있고

남색 정복을 입은 기관사는
여느 때처럼 밝아오는
동쪽 하늘을 향해 거수경례를 합니다

들판이 반짝거립니다
낙엽송은 다섯 걸음 간격으로 서 있습니다

겨울에 온 새들이
너른 날개를 펴고 이제 막 날아오릅니다

나는 주머니 속 손을
천천히 빼냅니다

나의 기도는 언제쯤 보답받을 수 있을까요

내가 보고 싶은 사람들은
너무 멀리에 있습니다

내가 보고 싶은 사람들은 모두

갈 수 없는 곳에 있습니다

쇠 냄새

아버지가 암 진단을 받고 나서
한 말은
내가 쉽게 죽을 줄 알아, 였다
아버지는 쉽게 죽었다

방금 전
철봉에 매달렸던 손에서
쇠 냄새가 난다
나는 왜 계속 손바닥을 맡아보는 걸까

쇠 냄새를

왕진

노인이 다가왔다
눈은 푹 꺼졌고 등은 굽어 있었다
묘한 냄새가 풍겼다
웃으며 말을 건네려 했다
빨리 가버려요, 아래만 쳐다보고 있었다
떠나려 하지 않았다
알 수 없었다
일어나 집 쪽으로 걸어갔다
뒤에서 이름을 말했다
멈춰서 뒤를 돌아보며
고개를 끄덕였다
다가와 머리에 손을 얹고 말했다
정말 많이 컸구나
먼 친척 같았다
힘주어 나를 꼭 안았다
그렇게 꼭 안아주는 사람은 처음이었다
머릿속에서 잠깐 맑은 종소리가 났다
노인은 바로 돌아갔다
원래 없었던 사람처럼

뿌리의 심정

저 나무는 죽음과 너무 가깝구나
한 가지는 물이 올라 푸른 잎을 달고 있고
다른 가지는 죽어 말라 있다

살고 있는 걸까
죽고 있는 걸까
살아도 산 것 같지 않고 죽어도 죽은 것 같지 않은

생전의 할머니는 당신이 오래 사는 것이
당신의 명이 아닌
일찍 죽은 삼촌의 명을 대신 사는 거라
말하곤 했는데

어떻게 나눠야 공평한 삶
공평한 죽음일까

삶은 죽음의 처음, 느린 형식?
먹고 싶은 거 먹고
하고 싶은 거 하고
갖고 싶은 거 실컷 가져보렴
뿌리야

저 푸른 잎을 달고 있는 가지는

죽은 가지가 가져보지 못할 시간을
대신 살고 있다

암막 커튼

낮을 좋아하고
밤을 좋아합니다
해가 지지 않길, 해가 뜨지 않길 바라던
시절이 있습니다
그냥 켜두는 것이
껐다 켜는 것보다 절약입니다
신발을 신은 채 잠이 듭니다
밤과 낮은 다른 기분,
다른 날씨
한밤의 태양은 여전히 커튼 속에서 빛납니다
오지 않는 아침
오지 않는 저녁이 있습니다
낮으로 밤을 불러주세요
밤으로 낮을 부르겠습니다
무한 반복됩니다
개입할 수 없고
분리할 수도 없습니다
가장 어두운 것은 가장 환한 것의
속셈입니다

입으로 물고 온 것들

처마밑에
진흙자국이 있다
둥지를 떼어낸 자리다

입으로 흙을 개어
한 입 한 입 붙였던 곳

까치 한 쌍이
물감나무 우듬지에 둥지를 만들고 있다

높이 위에
가늘고 긴 나뭇가지들이
잔뜩 쌓여 있다

모두
입으로 물고 온 것들이다

그날 입은 옷

바람의 방향이 바뀐다

허공의 흰 꽃이
며칠 새 바닥에 내려와 있다

꽃을 이해한다
이해하는 순간이 왔다

기억할 수 있을 때까지 기억해야 한다
돌의 색깔까지

일어날 일은 일어나고
나빠질 것은 나빠졌다

울컥, 몸에서 또 무언가가 쏟아진다

울음을 멈췄는데
그칠 수가 없고

나는 나보다 더 오래
울 수 있다

큐브

공이 왼쪽에서
오른쪽으로 날아간다

가만히 있어도
내일은 온다

큐브를 시계 반대 방향으로 돌린다

운이 좋다면
큐브가 맞는 일이
내게도 일어날 것이다

오늘은 아무도 만나지 않았다
밀린 빨래를 돌리고
개에게 눈썹을 그려주고
혼자 한참을 웃다가
펑펑 울었다

계란찜에 일찍 저녁밥을 먹고
잠자리에 든다

어제로 돌아갈 수 없다
큐브가 흐트러진 걸까

이제나저제나

서른셋 형이 세상에 남겨놓고 간
여섯 살 어린 아들이 어느새 장성하여
군에 입대한다고 복스러운 여자친구까지 데리고
할머니 할아버지 사는 서산 고향집에
늦은 오후 인사를 왔다
입이 벌어진 어머니가
굽고 무치고 끓여 저녁을 차려 먹이고
날이 저물 즈음 생전 형이 묵었던 방에
불을 넣고 내외가 덮었던 이불까지 깔아놓는다
어머니가 손자와 손자의 여자친구를 슬그머니
그 방으로 밀어넣고는
한가득 웃음을 물고 안방으로 들어온다
—결혼도 안 한 남의 집 처자를 한방에 집어넣고
  그렇게 좋아요?
—나는 모른다 지들이 알아서 들어갔다
  그리고 나는 좋다 아들이 새로 온 것매냥
어머니는 오랜만에 환하게 불이 밝혀진
형의 방을 늦도록 넘겨다보며
이제나저제나
불이 꺼지길 기다렸다

인사

내가 사는 아파트에는
속으로 인사하는 아이가 있습니다

가끔 엘리베이터에서 마주치곤 하는데
아이에게 안녕,
인사를 건네면
아이는 빤히 쳐다보기만 합니다
옆에 있는 아이의 엄마가
너도 아저씨께 인사해야지? 말하면
아이는 벌써 인사했다고 대답합니다

어느 때는 아이와 단둘이
엘리베이터 안에서 만나는 경우가 있는데
나는 아이에게 묻습니다

너 벌써 인사했구나?

아이는 웃으며
고개를 끄덕입니다

채광

가을볕이 방 한가운데
작고 환한 연못을 파놓았다

거울이 없던 시절엔
얼굴을 연못에 비춰보았겠지
연못에 빠진 얼굴을
건져오는 사람이 있었겠지
뚝뚝 물이 떨어지는 얼굴로
울면서 숲으로 뛰어가던 사람이 있었겠지

손을 적시고 발을 담근다
얼굴을 비춰본다

모였다 흩어지는
피라미떼 같은 햇살

누가 누구를 쳐다본 걸까
깊이를 알 길 없는 아침의 연못은
끝내 얼굴을 보여주지 않고
파문도 없이
고요하다

어머니 구이

한밤중에 목이 말라 냉장고를 열어보니
한 귀퉁이에 어머니가
소금에 절여져 있네
어머니 코 고는 소리 조그맣게 들리네
어머니는 어머니를
구워주려 하셨나보다
소금에 절여놓고 편안하게 주무시는구나
나는 내일 아침에는
어머니 구이를 먹을 수 있네
어머니는 어머니를
절여놓고 주무시는구나
소금에 절여놓고 편안하게 주무시는구나
나는 내일 아침에는
어머니 구이를 먹을 수 있네

나는 참 바보다 엄마만 봐도 봐도
좋은걸

* 김창완의 노래 〈어머니와 고등어〉를 변용함.

채록
―웃음소리

　마루야 료칸 다다미방에서 하루를 묵고 마을을 산보중이었다 앞쪽에서 아침을 깨우듯 아이들의 웃음소리가 들려왔다 한가득 수국이 피어 있는 길모퉁이를 돌자 세 할머니가 햇살 아래 깔깔거리며 웃고 있었다 분명 내가 들은 것은 아이들의 웃음소리였는데, 정작 마주한 것은 웃고 있는 키 작은 일본인 할머니들이었다 쪽물을 들인 감청색 옷을 똑같이 입고 있었다 세 할머니는 눈이 마주치자 약속이나 한 듯 쏟아졌던 웃음을 거두며 목례를 했다 오하요! 환하게 차밭이 이어진 야트막한 언덕을 지나 신사를 둘러보고 내려오는 길에 나는 그들 중 한 할머니와 다시 마주쳤다 무슨 기척이었을까 할머니를 잠깐 돌아보았다 검정 치마 사이로 숨겨도 숨김없는, 분홍 뺨의 한 소녀가 웃음을 가린 채 나를 빼꼼히 넘겨다보고 있었다

사랑니

농사를 시작한 내게
친구가 옥수수 씨종자를 들고 왔다
자루 속 씨앗은 마치 이를 뽑아
잔뜩 모아놓은 것 같아

내가 한때 경주의 아름다운 여인에게
혹하여 지내다가 이별하게 되었을 때
여인이 정표로 몸 일부를 요구하므로
나는 이를 뽑아 여인에게 주고 서울로 왔다
뒷날 그 여인이 다른 남자와 좋아지낸다는 말을 듣고
여인에게 가 나의 이를 돌려달라고 했던가
여인은 웃으며 자루 가득 담겨 있는 이를 내보이며
찾아가라 했지*

옥수수를 심는다

애들아, 입 꼭 다물고 심어라
그러지 않으면 나중에 이 빠진 옥수수
나온다

* 발치설화에서 가져옴.

쫓는 피

길바닥에
핏방울이 떨어져 있다
허겁지겁 일어나 한 사람을 쫓고 있다
개나리 꽃담을 지나
삽이 꽂혀 있는 모래 더미 옆을 지나
24시 편의점 지나
73번 마을버스 정류장 지나
어디로 가는지도 모른 채
헉헉 공기를 휘저으며 달려가고 있다
한 손으로 다른 한 손을
꼭 움켜쥔 채
앞만 보고 달려가는 몸을 놓칠세라
놀란 사람들 사이
피범벅의
질린 얼굴로
한시도 떠나지 않는,
뭔가 놓치고 있다는
뒤처지고 있다는 느낌을 견디면서
떠나본 적 없는 몸을 쫓아
뚝, 뚝, 뚝 발자국을 찍으며
따라가고 있다

그 놀라운 아침에

집을 나서며 중얼거렸다
오늘은 절대로 개미를 밟지 않을 거야
여름이 가까워지면서 길바닥에
개미들이 많아졌다
담장에 붉은 덩굴장미가 피어 있었는데
내내 땅바닥만 쳐다보며 걸었다
보도블록 사이사이
크고 작은 개미집이 있었다
개미를 피하느라 비틀비틀 걸었다
춤을 추듯 걸었다
지나가는 사람들이 이상한 눈으로 쳐다봤다
자꾸만 웃음이 나왔다
좋은 일이 있나봐요?
꽃가게 주인이 화분을 내놓으며 인사를 건넸다
개미가 개미를 물고 가고 있었다
병사가 병사를 떠메고 가듯
사람들은 자신의 발밑에서 무슨 일이
벌어지는 줄도 모른 채 걷고 있었다
중력을 무시할 수는 없었지만
되도록 발이 땅에 닿지 않도록 걸었다
길은 발밑에 있고
내 구두는 땅으로부터 한 뼘쯤
떠 있었다

여름의 일

나무 아래 앉아 울음을 퍼 담았지

시퍼렇게 질린 매미 울음소리를
몸에 담고 또 담았지

이렇게 모아두어야
한철 요긴하게 울음을 꺼내 쓰지

어제는 안부가 닿지 않는 그대 생각에
한밤중 일어나 앉아
숨죽여 울었지

앞으로 울 일이 어디 하나, 둘일까
꾹꾹 울음을 눌러 담았지

아껴 울어야지

울어야 할 때는 일껏 섧게
오래도록 울어야지

함박눈

연인으로 보이는 남녀가

함박눈이 펑펑 쏟아지는 길 한복판에서

악다구니를 퍼부으며

싸우고 있다

사람들이 쳐다보든 말든

오직 둘만의 싸움에 집중하고 있다

오늘의 누구는 환호하고

누구는 탄식한다

문득 아름답다

저들은 진짜 사랑하고 있구나

큼지막한 사랑의 눈이 내린다

아닐 수도 있다

3부

반그늘

유령

햇볕을 쬐고 있었다

한 묶음의 휘파람을 불며

아름다운 청년이 앞을 지나가고 있었다

그는 고개를 돌려 내게 물었다

당신은 내가 보이죠?

나는 그 자리에 오래 서 있었고

다시 고독에 잠겼다

자책감
―나는 나를 어떻게 도울 수 있을까
　내가 서로 다른 것을 원할 때

말라죽어 내다 버린 꽃나무에서
새잎이 올라온다

내가 꽃나무를 버린 게 아니라
꽃나무가 나를 버렸다는 생각
버림받은 느낌

이제 나의 재미는 그저
너의 재미 보는 걸 보는 것
마지막으로 물을 준 게 언제였더라
문득 나는
나보다 더 나쁜 사람을 알지 못하고

잎을 내지 않기로 했던
나무의 어떤 결심을 들여다본다

이제 너의 마음은
여기에 없구나

마른 가지 사이로 요지부동의 잎들이
여봐란듯
쏟아져나온다

가로등

대낮인데
가로등 몇 개에 불이 켜져 있다

저쪽은 아직 밤인가

낮에 내놓은 불빛이라는 것이
때없고 볼품없어
어떤 밝음은 저 가로등 밑처럼
까닭 없이 어둑한데

길 하나 사이 이쪽의 낮은
야반도주 같은 것이어서
저쪽의 밤과 별반 다를 게 없고

건너왔는가
건너가야 하나

저물어야 다시 건널 수 있는 이곳
어둠은 더 먼 어둠을
물끄러미 바라보고 서 있고

늦도록 누구를 기다리는 걸까
불빛 아래의 남자는

환한 어둠 속에서

나는 어머니 입속의 염소고기처럼

어머니 돌아가시기 이태 전
포항의 내 집에 두어 달 머무셨지
뭐 잡숫고 싶은 게 있냐 물으니
염소고기가 먹고 싶다고 하여
잇꽃 피어 있는
교외의 염소 요릿집에 모시고 간 적이 있지
모락모락 김이 오르는
수육을 드시면서
구순의 어머니는 이게 뭐라고, 이게 뭐라고
혼자 중얼거리셨는데

가끔 사는 게 참 쓸쓸하다 싶을 때면
어떤 침묵을 엿들은 양
이게 뭐라고, 이게 뭐라고
그날 어머니의 그 혼잣말이
내 귓가에 반그늘처럼
맴도는데

좁은 방

식당 좁은 방에서
밥을 먹는데
뒤쪽 돌아앉아 있는 여자 손님의 등이
자꾸 내 등에 닿는다

등을 조금 더
그녀에게 가져가본다

움찔 당겨 앉을 법도 한데
피하지 않는다

산채비빔밥 한 그릇을 다 비울 때까지
나와 여자의 등은
닿아 있다

댐

물속에 오래된 마을이 있어요
사람도 살아요
찰방찰방 개가 짖고, 빨래 치는 소리
저녁 답엔 긴 소울음이 멀리까지 퍼져요

모두 아가미를 가졌네요
그새 나도 아가미가 생겼고요

젖은 굴뚝 연기가 오르고
골마다 산벚나무는 흰옷 빨래처럼,
등불처럼 환해요

물가에 알을 슬어놓고
아이들이 저녁 녹빛을 밟고
가라앉은 길을 따라 집으로 가네요

거듭 생각을 내려놔요

금방 갈게요
잔물결에 자꾸만 얼굴이 지워져요

괜찮아요

나는 죽었지만
잘 지내고 있어요, 엄마

생수

잘못 배달된 생수 몇 통이
며칠째 집 앞에 놓여 있다
엘리베이터에 안내문을 붙여놓아도
찾아가지 않는다

집을 잘못 찾은 꼬맹이들 같고
정신이 흐린 뉘 집 할머니 같다
쭈뼛쭈뼛 서 있고
쾅, 쾅 문을 두드리고
아무 대답도 없이 웅크리고 앉아 있는 것 같다
아빠, 하고 부르는 것 같고
아범아, 하고 부른 것 같다

내 것이 아닌데 내 것 같은
잠시 잠깐 맡겨둔 것 같은

들일 수도
쫓을 수도 없는

저 투명하고 맑은 생면부지를
무어라 부를까

더덕

무치는 법을 몰라
레시피를 검색하려는데
앞에 있는 것의 이름이 생각나지 않는다

이게 뭐더라, 이 뿌리
두릅도 아니고

요즘 들어 부쩍 이름들이 떠오르지 않는다
뭐더라, 뭐더라
생전의 어머니는 날 부르려면
여섯 아들 이름을 다 불렀는데
나는 막내라서 규(圭) 자 돌림이 아닌데도
홍규는 암으로, 상규는 감전으로
벌써 저세상에 갔는데도
어머니에게 나는 명규가 되고,
홍규, 준규, 상규, 운규가 되기도 하는

그냥 두릅이라고 우길까
흙이 잔뜩 묻은 내 앞의 뿌리는
다른 신발을 밟고 가 자기의 신발을 찾아 신듯
긴 향을 흘린 채
이름이 불리울 때까지
말이 없다

아침

손마디 두 개가
싱크대 위에 놓여 있다
널어 말려져 있다

무얼 만져 씻고
버무렸던 손일까

손이 빠져나간 손이다
한 손이 다른 한 손을 잡고
번갈아 손을 벗어놓았다
손을 놓을 수 없다는 듯
손가락들이 살 속으로
말려들어가 있다

숨을 불어넣고 손등을 지그시 누르자
굽었던 손가락이 차례로
퍼득, 퍼득
밖으로 튕겨 나온다

긴 풀

온종일 문밖에서
예초기 돌아가는 소리 들린다

아이 키만한
뜰 안의 긴 풀이 잘리고 있다
돌이 튀고
꽃 모가지가 잘리고 있다
우는 소리가 난다

기억하는가
오늘의 무자비한 학살을
기분이 좋아지는
싱그러운 풀냄새를

흰나비는 늘 자신이 앉았던
자리를 찾지 못해
허공을 헛되이 맴돈다

정원

나무는 발밑에 꽃을 내려놓네
두고 보려고

봄꽃이 지천인
이 아름다운 곳을 방이라 불러도 되는 걸까

이별은 멀리에 있고
시작한 곳에서 이야기는
끝을 맺는데

꽃은 아픈 이름

새들은 울음을 공중에 심고

피었다 지는 것도
정원의 일부

가슴 앞에 손을 모으고
너의 이름을 부를 때

꽃잎은
그늘 속에서

피가 마르는 기분

오대산

저녁 산책을 하는데
앞서가는 중년 부부의 말이 들린다
듣지 않으려 해도 자꾸 들린다

여보, 오대산에 있는 절 이름이 뭐지?
당신하고 재작년에 갔던……
상원사 아닌가?
그건 위에 있는 거고 아래에 있는 절 말야
마당에 탑도 있고
알겠는데 갑자기 물으니
이름이 안 떠오르네
청량사?
도 아니고
미황사
도 아니고

두 사람은 계속 뭐더라, 뭐더라
중얼거리는데

알려줄 방법이 없다
괜히 따라오면서 남 얘기를 엿들은 것 같아
버거운 속을 덜어내듯
허공을 향해 큰 소리로 외칠 수도 없고

참 뜬금없네
누가 물어본 것도 아닌데,
닿을 수 없는 혼잣말로
월정사

하트 모양의 돌

해변을 걷다가 하트 모양의 돌을 주웠어
작고 아름다운
얼마나 오랜 시간 닳고 닳아
이런 멋진 모양이 만들어졌을까
돌을 바라보며
누구에게 건넬까 생각해보았지
먼저 떠오른 건 아내였어
하지만 아내는 돌 따위에 감동할 사람이 아니었어
시니컬한 중학생 딸도 마찬가지
자주 가는 찻집 주인에게 건네면 어떨까
그녀는 조금 더 감성적일 거라는 생각이 들었어
종종 시집 따위를 꺼내 읽는 걸 보면
나는 줄곧 주머니에 하트 모양의 돌을 넣고 다녔어
퇴근길 전철 안에서 돌을 건네고 싶은
젊고 아름다운 여인을 만났지만 줄 방법이 없었어
친구를 만나 돌을 보여주며
누구에게 건네면 좋겠냐고 물으니
하트 모양이라고 하기엔 좀 억지스럽고
크게 감동할 사람은 없을 거라고 말하더군
집으로 돌아오는 길에
여름 해변에서 처음 그 돌을 주웠을 때의
흥분을 잠깐 떠올렸어
그것은 두근거리는 심장 같았지

나는 주머니 속의 돌을 만지작거리다가
공원 풀숲 멀리 힘껏 던져버렸어

소년이 소녀일 때

바닷가 절벽에는
작은 동굴이 있었습니다
소년은 빛이 들지 않는
동굴에 들어가 놀곤 했습니다
소년이 말을 하면 동굴이 말을 하고
소년이 노래를 부르면
동굴도 노래를 부르고
소년이 울면
동굴도 함께 울어주었습니다
동굴 속엔 말과 노래와 울음이 가득차 있었습니다
동굴은 아이가 없고
소년은 부모가 없었습니다
소년과 동굴은 서로를 보는 눈이 같아
서로에게 늘 줄 게 있었습니다
소년이 못다 한 말을 하고
못다 부른 노래를 부르고
못다 운 울음을 울고 나면
다시 또 끊임없이 서성이는 소년이 되어
작은 동굴에서 나왔습니다

처음 보았다는 이유

새끼 오리 하나가
종종거리며
사내 뒤를 따라가고 있었다

공원의 사람들이 멈춰 서서 신기한 듯
그 광경을 지켜보았다

발걸음이 빨라지자,

새끼 오리는 놓칠세라 더 허둥지둥
사내의 발을 쫓았다

이 많은 저녁 속에

입지도 벗지도 않은 그때를
저녁이라 불렀어요

놓은 것도 잡은 것도 아닌

누구의 의복인가요

바닥에 질질 끌려요
자꾸만 발에 밟혀요

늘 한두 치수가 크고
목과 소매가 끝없이 길어
아무리 밀어넣어도 얼굴이, 손이
빠져나오지 않는

누가 오는데 알아볼 수 없어요
다른 곳을 쳐다보며
당신 이름을 불러보았어요

풀이 마르는 이때를 저녁이라 해두어요

앞서 걷던 사람들이 보이지 않고
마주 오던 이의

옷자락이 스칠 때

훅, 내 코에 은단냄새가
끼쳐왔어요

관람차

거대한 바퀴 둘레에
작은 방들이 매달려 있다

작은 방 안엔
작은 연인들

가장 높이 올랐을 때 키스
찰나의 입술들

방을 비워주기 위해
관람차는 돌고

둥근 바퀴의 어디쯤 우리는 와 있는 걸까

하늘 높이 올라갔다가
천천히 땅에 닿는 기분

관람차는 타는 것이 아닌
그저 멀리서
바라보는 것이어서

땀에 젖은 손을 꼭 움켜쥔 채
우리는 관람차를

올려다보았다

관심은 감사합니다만
제가 알아서 잘 하겠습니다

마을 사람들은 어린 나를 보며 조부와 똑같이 생겼다
다시 태어난 것 같다
점점 더 닮아간다고 말했다
흰 두루마기에 살짝 벗어진 머리, 긴 수염의 흑백사진
조금도 닮아 보이지 않았다
매번 기분이 나빴다
초등학교, 중학교를 다닐 때도 나는 그 말을 들었고
외지에서 고등학교, 대학교를 다니다가 방학이 되어 내
려가면
마을 어르신들로부터 똑같은 말을 들었다
영락없는 그 집 할아버지일세, 참 좋은 분이셨지
마을에서 그 어르신 신세 안 진 사람이 없었어
마을 사람들은 내게서 생전의 조부를 떠올렸다
세월이 지나면서 조부를 기억하는 사람들이 하나둘 사라
져갔다
그들은 늙고 병들었으며 조부에 대한 수많은 기억을 간
직한 채
무덤 속으로 들어갔다
그 덕에 나는 조금씩 놓여나기 시작했다
조부를 기억하는 마을 사람들이 전부 죽자
나는 조금 쓸쓸한 내가 되었다

기어가는 기분

뱀은 햇볕 쨍쨍 내리쬐는

낮은 풀들 사이

꼿꼿이 선 채 걸어가고 있었다

가장자리를 따라

길고 검은 그림자 하나 바닥을 쓸며

같은 보폭으로 기어갔다

끈이 풀린 것처럼

안부

흰 돌이 놓이고
다시 검은 돌이 놓이고
검은 돌이 흰 돌을 둘러싸고
둘러싼 검은 돌을 흰 돌이 둘러싸고

돌 하나를 놓고
돌 하나를 집어가는
그 자리에 다시 돌을 놓고
돌을 집어가는

흰 돌이
검은 돌이 될 수 없는
검은 돌이 흰 돌이 될 수 없는

온종일 내가 모은 당신의 돌
당신이 모은 나의 돌
내가 모은 당신의 돌로 당신의 집을 메우는
당신이 모은 나의 돌로
나의 집을 메우는

그러고도 아직
남은 돌이 있다면

4부

봄 쪽으로

외로운 일

가까운 사람을 잃는 건 외로운 일이지
높은 장대를 뛰어넘는 것도
노을을 바라보는 것도

나는 꽃을 주었는데
그대는 가시를 받네*

기다리는 것에 익숙해지는 것도
외로운 일이지

기침을 참는 것도
물가를 걷는 것도

밤을 지나온 차의 범퍼에 잔뜩 붙어 있는
죽은 벌레들
빗에 엉겨 있는 머리카락
한쪽 방향으로 일제히 누운 칫솔모

먼지는 먼지로 돌아가고
아, 지겨운 초록

같은 곳을 오래 바라보는 것도 외로운 일이지
이름이 떠오르지 않는 것도

공평하게 늙어가는 것도
또 꽃을 사는 것도

* 이대흠의 시 「에서의 거리」에서 빌려 변용함.

점성술

별 아닌 오래전 죽은 별의
찬란하고 절망적인
별빛으로

그건 일종의 결심 같은 것

죽어서도 오는 빛처럼
잊지 않는 한
영영 작별하지 않는 것처럼

같은 마음일까

창틀에 앉아 쉬는 작은
새의 영혼
닭을 쫓는 개의 숨가쁨
서랍 속의 낡은 물건들
머리 위의 하늘과 바람의 립싱크
그리고 너의 최선

깊은 곳

텅 빈 어항에
물을 채워본다

물은 저 혼자 흘러간다
검은 소매를 걷고 스민 빛을 데리고
어두운 바닥을 걸어
갈 수 있는 데까지

고독하고 정처 없다

말랐던 저수지에 다시 물이 차오르면
거짓말처럼 물고기가 돌아오듯
물은 이끼와 일렁이는 빛과 어린 물고기를 데려온다

물이나 키워볼까
그늘 없고 빛만 있는

물위에 몇 개 먹이를 뿌려본다
작고 둥근 알갱이는 물위에
한동안 떠 있다가

깊은 곳으로
가라앉는다

꽃댕강

어린 고양이는
죽어서 꽃댕강나무에
나비로 오네

고양이는 팔랑팔랑 나비를 쫓고
나비는 점점 먼 곳으로
어린 고양이를 데려가고

길 가장자리에 남겨진
핏자국을 보네

일어나
다섯 걸음 정도
힘겹게 어린 고양이를 따라간

앞으로 길을 건널 때는 더 조심하렴
다시 가질 수 없는 걸
잃을 수 있으니

옛날 사람들이 고양이를
나비라 부른 연유를 나는 알 리 없고
도꼬마리가 잔뜩 붙어 있는
어린 고양이는

환한 꽃댕강나무 위에

흰 빛

회벽에
흰 빛이 어른거린다

어디서 온 걸까, 너는

대야에 담긴 물이 햇빛에 반사되어
요사를 떨고 있었다

칡

굵은 뿌리 하나를 떠메고
사내는 산을 내려오고 있었다
힘이 다 빠진 얼굴로

한나절 땅을 파고 팠지만
뿌리의 끝을 알 수 없어 중간을 끊고
다시 흙을 덮었다 했다

사겠냐고, 또 물었고
나는 고개를 저었다
입을 열 때마다 심한 구취가 풍겼다

산그늘이 내렸다
끊긴 뿌리에 이르는 흙처럼
금세 하늘이 어두워지고
그의 몸이 어둠 속으로 사라졌다

절개지 옆을
지날 때

참을 수 없는 존재의 가벼움

슈퍼에 가 '설레임' 아이스크림 있냐고
묻는다는 것이
망설임 있어요, 라고 잘못 말했는데
가게 주인이 아무 망설임 없이
설레임을 꺼내다준다

영화관에서 단적비연수 두 장 달라는 것을
단양적성비 두 장 달라고 말했는데
단적비연수 표를 내줬다는,
형식과 내용이 합일하는 이런 경이로움을
나는 사랑한다

문득, 비 오는 바다가 보고 싶어
아침 일찍 오도리 해변에 나갔다가 돌아와
밀란 쿤데라가 94세의 나이로 별세했다는 뉴스를 본다
시간당 60mm,
비가 저렇게 오면 바다도 넘치지 않을까

이름이 '나보라'인 신입 직원에게
영문 이름을 지어줬다
Look at me!

해피 투게더를

햇빛 두 개 더, 라고 말하는 이가 있다
후배 시인이 아는 할머니 한 분은
헤이즐넛 커피를 해질녘 커피로
알고 있다

반감기

나무 그늘에
빛이 섞여 바람에 흔들린다

두 개의 빛이라 할까
두 개의
그림자라 할까

당신을 건너는 어떤 감정이
바닥에 엎질러져 있다

슬픔을 밀어내는 것은
슬픔뿐이어서

으름덩굴 쪽으로 자꾸만 빠져나가는

웃음보다 울음에 가까운
빛과
그림자

청혼

바다는 누군가가
벗어던진 반지 하나를
밤새 물가로 밀어냈습니다

아침이 되자
민무늬 반지 하나가
모래톱 위에 반짝, 걸려 있고

파도는
잠잠해져 있었습니다

내 뒤의 사람

누굴까
반갑게 손을 흔들며 오는
보이지 않는 것의
보이는 모습으로
역광을 한가득 등에 지고
눈 코 입 없이
캄캄한 얼굴로
횡단보도를 지나 날 향해 오는
손을 들어 흔들까
보이지 않는 것을 보며
빌딩 위 말풍선처럼 비둘기떼가 날고
가로수 잎들 탬버린처럼 흔들리고
누굴까
조금씩 얼굴이 보이는데
그는 한없이 다정한 얼굴로
정류장을 지나치는 버스처럼
무심히 날 지나쳐
내 뒤의 사람을 만난다
내 뒤의 사람을 안는다

감정

무를 뽑은 자리에
작은 구덩이가 생겨나 있다

두둑을 만들어
씨를 뿌리고
싹이 돋고, 솎아내고
밑동이 굵어지며
조금씩 흙을 밀어냈던 자리

빼낸 몸피만큼
크고 작은 구덩이들이
밭에 고스란히 박혀 있다

구덩이를 세어본다
서른여섯 개

구름의 운구

구름이 길게
구름을 건너가고 있다

비가 아니면 구름은 무엇으로
울다 갈 수 있을까

언덕 위엔 나무가 서 있고
잔바람 속으로 새들이 날아간다
다음 새가 오고

흘러가는 것은
구름의 전부

비를 머금은 구름이 천천히 흘러간다

빗소리 배웅
—비는 가고 빗소리만 남아

빗소리를 들으면
누가 가는 것 같은

가기 싫은 데 가는 것 같은
갈 데도 없으면서 가는 것 같은

손놓고 몸 놓고
이마를 기울인 채

다시 안 볼 사람처럼
뿌리치며 가는 것 같은

오늘 비는 돌아오지 않는 비

외로운 마당에
떨어진 원추리꽃을 비벼 끄는

멀리 가 이제 잡을 수도 없는

벽을 쓸고
몸 두드리고

눈 흘기며 가는 것 같은

악기

1.
죽은 지 이 년 된 친구의 엄마로부터 가끔 안부 문자가 온다
잘 지내지 아들? 건강 잘 챙기고
일부러 답장을 하지 않는다
이번 설엔 친구 몇이 그 친구의 부모님께 인사를 갔다
나는 빠졌다

2.
어머니 요양병원 계실 때 병문안을 가면 매번 우시던
맞은편 병상의 할머니가 계셨다 그 할머니 때문에 병문안이
오히려 미안할 때가 있었다

3.
절기로 곡우다 소변 줄을 낀 노모가 피오줌이 고여 있는
소변 주머니를
물끄러미 바라보신다 웬 피가 이렇게 나온다니?
노모가 길게 이어진 소변 줄을 기울여 이른봄 쪽으로 흘
려보낸다
길어야 두 달, 노루재 고로쇠나무에 물이 오른다

4.
어머니는 당신이 암에 걸린 걸 끝내 모르고 돌아가셨다

소변에 섞여 나오는 핏물이 멎으면 퇴원할 수 있을 거라 一
믿었다

나는 알려드리지 말자는 쪽이었다

옳은 결정이었는지 아직도 모르겠다

5.

태국에는 가슴이 울림통이 되는 란나 왕국 시대의 핀피
아라는

악기가 있다 반원의 울림통을 가슴에 대고 연주하는데 마
음에 따라

늘 소리가 다르다고 한다

황금빛 가을에

이젠 단풍나무가 단풍나무로만 보인다
노랗게 물든 은행나무도
그냥 은행나무로만 보인다
예전엔 물든 나무에게서
의미심장한 시상(詩想)도 보이곤 했는데
이젠 그저 서 있는 나무로만 보인다
그동안 나는 너무 속아왔다
다 떠나버린 저 나무 주위를
철없이 나 혼자만 맴돌고 있었다
정작 상대는 기억도 못하는 일에
혼자 미안해하고 있었다
바닥을 쓸던 미화원이
빗자루를 들어 가지에 매달린 노란 은행잎을
왜 털어내는지 이젠 알 것 같다
그는 낙엽을 커다란 자루에 담고
길가 여기저기에 무덤덤 세워둘 뿐이다
그새 나는 너무 삭막해졌나
그렇다면 오늘은 양손 가득 은행잎을 담아
머리 위에 뿌리며 부러
낙엽 샤워라도 즐겨볼까
두고두고 꺼내 볼 인생 숏이라도 한 컷
멋지게 찍어볼까

저녁의 과녁

날이 추워져
거미도 땅으로 내려가고
살던 집만 허공에 걸려 있다

박힌 것들은
이제 날개 잃은 빗방울이거나
마른 나뭇잎뿐

모습을 드러낸 거미줄이
더이상 과녁이 될 수 없듯
과녁은 보이지 않을 때
눈을 감고 활을 쏜다는 강호 고수들의
진짜 과녁이 된다

화살 다섯 발을 허리에 차고 사대에 올라
한 순을 쏜다

관중이요!
관중이요!

점점 어두워지는 낡고 헐은 가슴 한가운데서
어린 거미가 뻥 뚫린
소리를 지른다

카레

아침에 카레 한 냄비를 끓여놓았더니
딸년이 남자친구 준다고
홀랑 가져가버렸다

마트에 들러 찬거리 몇 개 사 들고 오는데
공원 산수유나무들이
저마다 불을 지피며
한 솥씩 노란 카레를 끓이고 있다

연애하기 좋은 날씨다

보글보글 끓고 있는 카레 냄비를 들고 서서
공원 쪽을
오래 바라보았다

튜브

텐트를 치는 동안 어린 두 딸은
가져온 튜브에 열심히 숨을 채운다

깊게 숨을 들이마시었다가 길게
숨을 밀어넣기를 반복한다
마치 의식을 잃은 누군가에게 인공호흡이라도 하는 양

튜브가 살아난다
숨이 모이고 모여 튜브가 되는 것이다

인공호흡기를 달고 중환자실에 누워 있던
어머니 생각이 스친다
복수가 차 터질 듯 부풀어올랐던
아무리 숨을 불어넣어도
몸이 일어나지 않던

왜 갑자기 숨이 차는 걸까
깊은 물에 빠진 듯

딸들이 나를 부른다
내 숨 몇 번을 보탠 후
팽팽해진 튜브의 숨구멍을 틀어막는다

너무 깊은 곳엔 들어가면 안 돼!
어린 딸들이 반짝이는 물위에 둥둥
각자의 튜브를 띄우고
물놀이를 하고 있다

도자기 새

물을 넣고
불면

맑고 고운 울음소리가 나는
새 한 마리를
중국인 거리에서 샀다

그렇다고 슬픔이 사라지는 것은
아니겠지만

새에게, 그리고 나에게

피가 고인 듯
물의 높낮이에 따라
달라지는

울음소리

형식들 속에서 솟아오르는 오늘의 얼굴

이병철(시인, 문학평론가)

흘러가는 것들을/ 견딜 수 없네./ 사람의 일들/ 변화와 아픔들을/ 견딜 수 없네./ 있다가 없는 것/ 보이다 안 보이는 것/ 견딜 수 없네./ 시간을 견딜 수 없네./ 시간의 모든 흔적들/ 그림자들/ 견딜 수 없네./ (……) 흐르고 변하는 것들이여/ 아프고 아픈 것들이여.

—정현종, 「견딜 수 없네」 부분

젊음에서 멀어져가는 육체는 얼마나 슬픈 것인가. 뜨거운 감각과 감정과 명민함과 어리석음이 한데 섞여 폭발하며 터져나오던 시절을 다 살고 나면 더이상 삶에 무슨 기대와 기쁨이 있나. 그런데 늙음이 진정 슬픈 까닭은 모순적이게도 육체가 쇠락할수록 오히려 살아나는 기억의 선명성에 있다. "육신이 흐느적흐느적하도록 피로했을 때만 정신이 은화처럼 맑"(이상, 「날개」)다던 이상(李箱)의 패러독스는 증상적 발화에 가깝지만, 노쇠할수록 우리가 생생한 기억을 껴안는 것은 자신이 가장 행복했던 시간으로 가려는 인간의 근원 회귀적 본능 때문이다. 세월의 탁류에 떠내려가면서도 우리는 투명한 햇살 속에 처음 발을 담그던 상류의 은빛 여울에 여전히 머물러 있다. 지금 고막을 집어삼키는 거친 물소리 대신 기억에 달그락거리는 옛날 잔물결의 조약돌 소리를 더 가까이 듣는다.

나이들수록 세상 변화에 민감해진다. "변화와 아픔들" "보이다 안 보이는 것"을 견딜 수 없어한다. 그런데 정작 자기 자신의 변화에는 둔감하다. 남들은 다 변해도 나는 변하지 않는다고 믿는다. 원체험에 의해 형성된 자아 정체감과 가치관은 삶에서 겪는 무수한 변주에도 견고하기만 하다. 삶은 언제나 다층의 겹을 거느리고 있지만 기억은 선택적이어서 나는 '나'를 구성해온 시간들의 저 배다른 이면(異面)을 알지 못한다. 망각과 무의미와 비본질의 그늘이 켜켜이 쌓인 그 축축한 수피(樹皮) 속에서 이미 썩어 흐물흐물해지고 있는 나를 감각하지 못한다.

아름다웠던 윤곽들이 서서히 희미해지는 어스름의 냄새를 끝까지 맡지 못하거나 알면서도 애써 외면하며 과거 어느 장면에 압화된 뜨거운 문양으로 남고자 하는 게 오늘날의 서정인지도 모르겠다. 그러나 우리의 삶은 상징이 아니라 알레고리다. 나를 둘러싼 존재론적 해답은 생의 변주가 멈춘 사후의 순간에 내 생애 전체를 은유화하는 타인들의 언어를 통해서야 비로소 얻어지는 것이다. 비록 나 자신은 영원히 알 수 없다 해도, 그 사후적 소급을 위해 죽음 직전까지 우리는 모든 뒤틀림과 굴절과 왜곡과 변형을 '나'라는 이름으로 기꺼이 살아내야만 한다.

고영민의 여섯번째 시집을 펼쳐 읽는 지금 여름에서 가을로 계절이 변하고 있다. 첫 시집 『악어』(2005)로부터 이십 년쯤 지나 여기 『햇빛 두 개 더』(2024)다. '악어'와 '용접'(『공손한 손』, 2009)과 '피 묻은 손'(『사슴공원에서』, 2012), '철책선'(『구구』, 2015)과 '정치'(『봄의 정치』, 2019)와 같은 날카로운 파편들도 있지만, 대개 소탈하고 따뜻한 일상 풍경을 에피파니적 장면으로 바꿔내며 그 안에 유머와 촌철살인을 함께 빚어내온 고영민의 시력(詩歷)에서 새 시집은 유독 더 포근하고 넉넉하며 즐겁게 읽힌다. 그러면서도 거기엔 여전히 명징한 비애가 있고 곳곳에 일필의 아포리즘이 번뜩인다.

이번 시집에서 고영민의 시선은 줄곧 "흐르고 변하는 것들"을 향해 있다. 프루스트의 마들렌 쿠키처럼 현재적 대상과의 조우를 통해 잃어버린 시간의 풍성한 타래를 한꺼번에 끌어내는 기억 작용이 그동안 고영민 시의 주된 구성 원리였음을 떠올리면, 흐르고 변하는 온갖 것들을 향한 몰입과 정념은 그다지 특징적인 것이 아닐 수도 있다. 다만 주목할 것은 흐르고 변하는 것들을 대하는 시인의 달라진 태도다.

꺼내 다시 읽어보니
그새 늙어 있다

망실되었구나, 너도 나처럼
서랍 속에서

원망하지 마라
네가 널 이렇게 만든 것이다

무엇에도 도달할 수 없다

창밖의 눈송이가
눈보라로 바뀐다

—「늙은 시」 전문

'늙은 시'에게 말을 건네는 시인의 목소리에는 그윽한 비감이 있다. 시집 초반부의 화자는 주로 이 슬픈 음색을 내 노래한다. 이 음울한 단조는 자신을 둘러싼 익숙한 세계가 생경하게 변하고 점차 소멸하는 것을 차마 받아들일 수 없는 이의 것이다. 시인은 서랍 속에서 그새 늙은 시의 노화와 망실의 책임을 시에게 떠넘긴다. 새로운 시적 경향과 시대적 모드가 나타나면 지난날 활어처럼 펄떡이던 젊은 시는 세월과 함께 변색돼 늙은 시가 된다. 언어도 생물이기에 이러한 변화는 자연적 이치나 다름없다. 배우가 죽으면 영화는 쓸쓸해지고 시는 시인과 함께 늙는다. 그렇기에 사실 "그새 늙어 있"는 건 시를 꺼내 다시 읽고 있는 시인 그 자신이다. 3연의 행간에 감춰진 속내는 "자책하지 마라/ 내가 널 이렇게 만든 것이다"가 아닐까? 하지만 시인은 "창밖의 눈송이가/ 눈보라로 바뀐다"는 결구에서 변화가 자신과 무관한 "창밖"이라는 외부 세계의 타자적 질서임을 짐짓 더 세게 말한다.

이러한 태도는 "내가 탄 기차는 그대로 있고/ 맞은편 기차가/ 사라졌다"(「카잔역」)는 진술에서 훨씬 분명해진다. 나는 변함없는데 세계가 달라졌다는 것이다. 시집에는 유난히 '지나가다'라는 동사가 많이 등장한다(「나는 나의 감옥처럼」 「지나가는 감정」 「여전히 그게 나이기에」 「그 놀라운 아침에」 「유령」). "흘러가는" "달려가는" "쓰러져가는" "사라지는" 등도 '지나가는'과 마찬가지로 외부 세계의 변화 양상을 가리킨다. 지나가고 흘러가고 쓰러져가는 변화의 결국은 소멸이다. 시인은 "애인이 죽어/ 노래마저 죽은" 세계에서 "입에 붙은 노래가 떠나지 않고/ 온종일 입가에 맴도"(「립싱크―노래는 입술을 기억하고」)는 기억의 형식으로 과거를 복원하려 하지만 "늘 자신이 앉았던/ 자리를 찾지 못해/ 허공을 헛되이 맴도"(「긴 풀」)는 흰나비처럼 자기 기원으로의 회귀 시도는 언제나 막막한 실패로 귀결될 뿐이다.

　　나무는 잎을 지웠다
　　이제 새를 모을 방법이란 무엇일까

　　시효가 있는 걸까
　　사람 사이에도

　　불이 붙지 않는 재와 같이
　　물위로 떨어지는
　　눈송이같이

일생을 다하고 폭발하는 별과 같이
울지 않는 새와 같이
새가 없는 하늘같이

나의 날은
베틀의 북보다 빠르고

사랑은 멈출 리 없고

헤어짐은 누구의 잘못도 아니다
그저 만남의 시기가
끝난 것이다

— 「사랑의 불가능」 전문

   서정의 근원적 원리가 나와 세계의 회감(回感)과 자기동
일성을 통한 흘러간 것들의 복원 그리고 아스라한 기원으로
의 귀환이라면, 변하고 사라지는 것들로 가득한 세계와 변
하지 않는 무엇을 향해 거슬러오르려는 시인 사이의 어긋
남은 애초부터 서정이 불가능한 미학의 시도임을 증언하는
것인지도 모른다. 그러나 거듭되는 실패는 비참하고 통렬한
깨어짐을 통해 새로이 공중으로 튀어오를 근거가 된다. 시
인에게 서정의 불가능은 곧 "사랑의 불가능"이 아닌가. 사
랑은 분리에서 합일로, 또 합일에서 분리로 변화하는 운동

이다. 삶의 불가피한 변형이 죽음이듯 사랑도 결국 헤어짐으로 그 형태가 뒤틀리지만 죽음이 삶에 의미를 부여하는 것처럼 사랑 또한 헤어짐의 순간 비로소 뜨거운 한 시절의 상징으로 완성되는 법이다.

그리하여 "헤어짐은 누구의 잘못도 아니다/ 그저 만남의 시기가/ 끝난 것이다"라며 사람 사이의 시효를 담담히 수긍하는 각성의 자리가 바로 고영민 시세계의 변곡점이 된다. "불이 붙지 않는 재"와 "물위로 떨어지는 눈송이"와 "일생을 다하고 폭발하는 별"과 "울지 않는 새"와 "새가 없는 하늘"은 모두 고유한 자기 속성을 상실하고 변화한 것들이다. 그것들을 원래의 상태로 되돌리려 애쓰는 대신 "오디와 장딸기와 나는/ 다시 돌아올 리/ 없"(「지나가는 감정」)음을 인정할 때 "예전엔 물든 나무에게서/ 의미심장한 시상(詩想)도 보이곤 했는데/ 이젠 그저 서 있는 나무로만 보인"(「황금빛 가을에」)다.

인위에서 무위로의 이 극적인 전환 끝에 고영민은 "일어날 일은 일어나고/ 나빠질 것은 나빠졌다"(「그날 입은 옷」)고 말한다. 별거 아닌 것 같은 세상 도리와 이치도 반백년쯤 살아야 깨닫는 게 인간이다. 시인은 더이상 박제된 어제로 거슬러오르지 않는다. 온갖 변화가 진행중인 바로 여기, "수많은 오늘이 쏟아지는// 빛이 가득한 두 그루 목백합나무 사이에서"(「새의 순간」) "팔을 벌려 오늘의 냄새를 껴안는"(「그해 오늘」)다. 그리고 그때 "사랑은 멈출 리 없"다.

새로운 사랑이, 새로운 서정이 막 시작되고 있다.

아버지 고창선은 어머니 김도화를 만나
6남 6녀 12남매를 낳고
큰형 고명규는 5남 2녀를 낳고
큰누나 고순희는 3남을 낳고
둘째 형 고흥규는 지금은 세상에 없지만
1남 3녀를 낳고
둘째 누나 고순홍은 2남을 낳고
셋째 형 고준규는 1남 1녀
셋째 누나 고선화도 1남 1녀
넷째 형 고상규는 지금은 세상에 없지만
1남 1녀를 낳고
넷째 누나 고난영은 2남을 낳고
다섯째 형 고운규는 1남 1녀
다섯째 누나 고난희는 2녀
여섯째 누나 고난미는 1남 2녀
12남매 중 막내인 나 고영민은
2녀를 낳고
　⋮

분명 우리에게 내일은
슬픈 것

비로소 그때 새로운 사랑은 오지

— 「마태복음」 전문

리처드 커티스 감독의 영화 〈어바웃 타임〉(2013)에서 주인공인 '팀'은 성인이 된 날 아버지로부터 놀라운 비밀을 듣게 된다. 가문의 남자들에게는 과거로 갈 수 있는 능력이 있다는 것이다. '모태 솔로'인 팀은 이 능력을 이용해 우연을 가장한 필연을 만들고, 망친 프러포즈를 완벽하게 수정하면서 사랑스러운 여성과 결혼에 성공한다. 행복한 신혼을 보내던 중 아버지가 지병으로 세상을 떠나지만 슬픔도 잠시, 시간여행을 통해 생전의 아버지와 탁구를 치고 맥주를 마시며 음악을 듣는다. 결혼생활과 진로에 대해 아버지의 지혜를 구하기도 한다. 그러던 어느 날 팀이 아내의 임신 사실을 알리자 아버지는 비밀 하나를 더 털어놓는다. 가문에 새 생명이 태어나면 시간여행을 해 과거로 가더라도 더는 죽은 사람을 만날 수 없다는 것이다. 아이의 출생이 임박한 무렵, 거슬러올라간 시간의 눈부신 윤슬 속에서 아버지와 아들은 마지막 해변 산책을 한다. 아버지에게 영원한 작별을 고한 팀이 현재로 돌아온 순간 갓난아이가 우렁찬 울음을 터뜨린다. 아이를 안고 팀은 말한다. "나는 아버지보다 한 단계 더 나아갔다. 나는 더이상 시간여행을 하지 않는다"고.

"아버지 고창선은 어머니 김도화를 만나/ 6남 6녀 12남매를 낳고"로 시작해 "12남매 중 막내인 나 고영민은/ 2녀

124

를 낳고"로 이어지는 지난한 가족사에서 "아버지 고창선"
과 "어머니 김도화" 그리고 "둘째 형 고홍규"와 "넷째 형
고상규"는 "지금은 세상에 없"는 사람들이다. 지금 있는 사
람들은 앞으로 세상에서 사라진다. 그러므로 "분명 우리에
게 내일은 슬픈 것"이지만 "비로소 그때 새로운 사랑은 오"
는 것이다. 한 세계를 닫아야 다른 세계를 열 수 있다. 지나
간 시간의 어두운 골방만을 서성일 때 오늘의 신비와 경이
로움에 머물지 못하고 내일의 환한 빛으로도 결국 나아갈
수 없게 된다.

　더이상 시간여행을 하지 않는다는 팀의 선언처럼 고영민
도 "지금은 세상에 없지만"에 밴 비애보다 "2녀를 낳고"에
담긴 희망을 더 힘주어 노래한다. 시간은 연속적인 것 같아
도 불연속적이고 파편적이다. 단일한 흐름, 하나의 선 같아
보여도 사실은 구간별로 나뉜 부분적 세계다. 유년기가 다
르고 사춘기가 다르며 장년기가 다 다르다. 한 시절은 하나
의 고립된 사건이며 다른 어떤 시절도 끼어들 수 없다. 십
대는 십대로 완전하다. 십대가 끝나는 순간 십대는 죽는다.
이십대도 삼십대도 마찬가지다. 우리는 한 시절을 살고 한
시절을 죽는 것이다. 고영민은 어제와 오늘 사이에 수직의
시추공을 뚫어 지나간 아름다움과 뼈아픈 후회를 길어올리
는 소환적이고 통시적인 서정 대신, 소실되는 시간과 시간
의 흐름에 풍화되어 사라져가는 존재들과 온갖 변화의 형식
으로 자기 소멸을 살아내는 중인 스스로를 모두 오늘의 풍

경으로 끌어안는 공시적 서정을 펼쳐 보인다. 오늘을 통해
어제를 다시 사는 게 아니라 어제를 통과해 오늘을 처음 사
는 것이다.

집을 나서며 중얼거렸다
오늘은 절대로 개미를 밟지 않을 거야
여름이 가까워지면서 길바닥에
개미들이 많아졌다
담장에 붉은 덩굴장미가 피어 있었는데
내내 땅바닥만 쳐다보며 걸었다
보도블록 사이사이
크고 작은 개미집이 있었다
개미를 피하느라 비틀비틀 걸었다
춤을 추듯 걸었다
지나가는 사람들이 이상한 눈으로 쳐다봤다
자꾸만 웃음이 나왔다
좋은 일이 있나봐요?
꽃가게 주인이 화분을 내놓으며 인사를 건넸다
개미가 개미를 물고 가고 있었다
병사가 병사를 떠메고 가듯
사람들은 자신의 발밑에서 무슨 일이
벌어지는 줄도 모른 채 걷고 있었다
중력을 무시할 수는 없었지만

되도록 발이 땅에 닿지 않도록 걸었다
길은 발밑에 있고
내 구두는 땅으로부터 한 뼘쯤
떠 있었다

　　　　　　　　—「그 놀라운 아침에」 전문

　지난 시집에서 화자는 "내가 보는 네가 나를 보고 있"(「내
가 보는 네가 나를 보고 있다면」, 『봄의 정치』, 창비, 2019)
는 자리에 있었다. 반면 이번 시집의 화자는 "이제 나의 재
미는 그저/ 너의 재미 보는 걸 보는 것"(「자책감—나는 나
를 어떻게 도울 수 있을까 내가 서로 다른 것을 원할 때」)
이라고 말한다. 타자를 경유하여, 타물에 기대어, 너를 통
해서 나를 확인하는 것은 전통적 서정 원리다. 이 과정에서
타자적 대상은 김춘수의 '꽃'처럼 '몸짓'이라는 잠재태의 기
의를 상실하고 '꽃'이라는 확정된 기표가 되어 주체의 자기
성찰을 촉발시키는 도구로 전락하기도 한다. 하지만 고영민
의 새로운 서정에서 주체의 감관은 타자와 부딪치는 반동
을 거쳐 반드시 나로 돌아오는 완고한 메아리가 아니라 타
자의 세계와 그 세계의 다채로운 변주를 있는 그대로 비추
는 온화한 빛이 된다. 너를 통해 익숙한 나의 세계를 재확
인하는 대신 네가 재미 보는 낯설고 신비한 너의 세계로 즐
거이 나아간다.
　'보다'가 세계 인식과 연한다면 '걷다'는 삶의 태도와 잇

닿는다. 달라진 세계 인식은 이전에는 볼 수 없던 풍경들을 보게 만들고 이 각성은 결국 걸음걸이를 바꾸게 한다. 시인은 "담장에 붉은 덩굴장미가 피어 있었는데"도 "내내 땅바닥만 쳐다보며 걸었"다. 길을 걷는 행위는 인생살이의 은유이므로 걸음걸이는 곧 한 개인의 고유한 속성을 의미한다. 걸음걸이를 바꾼다는 건 젓가락질을 고치는 것보다 훨씬 어렵다. 몸에 밴 보법으로 걸을 때 우리는 무의식적으로 이를 수행하기 때문이다. 길에는 장미와 개미가 함께 있지만 고개를 들고 시선을 전방에 두며 발을 옮기는 일반적인 걷기 방식에서는 오직 장미만 보일 따름이다. 그렇게 "사람들은 자신의 발밑에서 무슨 일이/ 벌어지고 있는 줄도 모른 채 걷고 있"다. 그들의 눈에는 땅바닥만 쳐다보며 비틀비틀 걷는 시인이 이상하게 보일 테지만 평생을 고수한 보법 대신 "되도록 발이 땅에 닿지 않도록" 걷는 새로운 걸음걸이를 통해 시인은 "개미가 개미를 물고 가"는 미시적 세계를 관찰하게 된다. 그리고 그때 전경과 후경이 재배치된 길 위에서 "내 구두는 땅으로부터 한 뼘쯤/ 떠" 중력으로 함의된 현실원칙을 초월하고, 춤이 된 걸음은 시인을 "자꾸만 웃음이 나"오는 활달한 엑스터시(ecstasy)에 도달하게 한다.

안 보이던 것들이 보이기 시작하자 볼 수 없는 것마저 보게 된다. 가령 "창틀에 앉아 쉬는 작은/ 새의 영혼"(「점성술」)이라든가 "보이지 않는 것의/ 보이는 모습"(「내 뒤의 사람」)이라든가 햇볕을 쬐고 있는데 "한 묶음의 휘파람을

불며// 아름다운 청년이 앞을 지나가"(「유령」)는 걸 보는
유령과의 조우가 그러하다. 이 마술적 응시는 샤머니즘이
아니라 변화한 인식의 지평 위에 펼쳐지는 새로운 리리시즘
(lyricism)이다. 기존의 서정은 기억 작용을 통해 몸을 잃어
버린 것들에게 몸을 다시 입혀 원래의 상태를 복원하려 하
지만, 고영민은 육체의 궁극적 변화인 소멸 이후에도 영혼
과 유령의 형상으로 끊임없이 모습을 바꾸는 것들의 몸 없
는 몸짓에 주목한다. 그것들은 우주먼지로 떠돌다 화학원소
와 결합해 이전과는 다른 물질체로 다시 태어날 것이다. 그
러므로 변화의 최종 심급은 죽음이 아니라 탄생이다. 시인
이 「춤의 끝」에서 "보이지 않는 것은 사라지지 않죠"라고 말
할 때 "보이지 않는 것"은 있다가 사라진 것이 아니라 한 번
도 나타나지 않은 것이다. 그것은 보이게 되는 순간부터 사
라짐을 향해 가지만 보임과 사라짐 사이를 채우는 온갖 변
주는 삶이라는 이름의 아름다운 여정이 된다. 그 신생의 예
감을 품고 두 발을 공중에 띄운 채 걷는 춤의 끝에서 시인은
외친다. "나는 기뻐요"라고.

가수 심신 닮았다
배우 신현준 닮았다 소리를 가끔 듣는다
드라마 〈고독한 미식가〉의
고로 상 닮았다고도 했다

닮은: 내가 아니면서
남도 아닌 것 같은
물론 나도 늘 나일 수만은 없겠지만

한번은 공원을 걷는데
개 한 마리가 팔짝팔짝 반긴다
목줄을 당기며 여자가 개에게 말했다
아빠 아니야
다가갈수록 개는 나를 더 반긴다
아빠 아니라니까
환대를 외면할 수 없어 손을 내밀자
개는 손을 핥고
잠깐 냄새를 맡더니 외면한다
죄송합니다
우리집 아빠랑 많이 닮아서요

모임에 나가면 박목월 시인 닮았다
박인환 시인 닮았다 얘기를 가끔 듣는다
잘생긴 시인들이다
누구는 9·11 테러의 배후로 지목된
오사마 빈라덴을 닮았다 했다

하지만 가장 만나보고 싶은 사람은

개가 착각할 정도로 나를 닮은
그 집 아빠다

—「형식들」 전문

흐르고 변하는 것들에 대한 너그러운 긍정은 마침내 자기 자신에게로 향한다. 시인은 가수 심신, 배우 신현준, 드라마 〈고독한 미식가〉의 고로 상, 박목월 시인, 박인환 시인, 오사마 빈라덴, 심지어 남의 집 아빠와 닮았다는 말을 듣는다. 본 적 없는 그 집 아빠를 제외하고(보지 않았는데도 어떻게 생겼는지 알 것 같다) 나머지는 대체로 동의하면서, 추측건대 젊을 땐 배우나 가수 닮았다는 소리를 듣다가 나이가 들면서 테러범이나 작고 문인으로 카테고리가 바뀌었을 것이다.

시인의 정의대로 "닮은"이란 "내가 아니면서/ 남도 아닌 것 같은" 자아 혼란의 상태다. 기분좋은 칭찬쯤으로 여겨질 때도 있지만 아류나 모방 등 몰개성의 뉘앙스를 지니기도 한다. 간혹 어떤 이들은 누군가를 닮았다는 말에 불같이 화를 내며 '나는 나'라고 역설한다. 누군지도 모르는 "우리집 아빠"랑 많이 닮았다는 말은 퍽 불쾌할 만도 하다. 그럼에도 시인은 "물론 나도 늘 나일 수만은 없"다는 수용적 태도를 보인다. 인류 역사상 최악의 테러리스트인 오사마 빈라덴을 포함한 모든 닮음을 끊임없이 변주하는 자기 존재의 다양한 형식들로 승인하는 것이다. "자아는 주체의 진정한

본질이 아니며 오히려 주체를 속이는 기만적 환영"이라는 라캉의 명제에서 보자면 자아에 대한 확신은 도리어 주체성의 상실로 이어지는 법이다. 그와 반대로 자아에 대한 고집을 내려놓을 때 주체는 타자와의 원활한 교류를 통해 건강한 자의식과 객관적 세계상을 확립하게 된다. 시인이 "가장 만나보고 싶은 사람은" "그 집 아빠"라며 살가운 품을 열자 절대적 타자인 그 집 아빠와 시인 사이의 장벽이 허물어진다. "닮은"을 받아들이는 것은 자기 존재의 다채로운 변화 가능성을 수용하는 것뿐만 아니라 타자와의 구획과 경계를 없애는 일이기도 하다. 하물며 문학이나 우리의 삶이나 모두 형식이 내용을 좌우하지 않던가. 누구나 오늘의 형식으로 삶이라는 내용을 사는 것이다. 진정한 형식주의자는 오히려 단일한 형식을 고수하지 않음으로써 내용의 무한한 가능성을 모색하는 자다.

"벗어놓은 나를 다시 입고/ 속옷을 추스르고/ 바지를 잠그고/ 양말을 당기고" "나는 나를 한순간 어떻게 알아보았을까"(「여전히 그게 나이기에」)에서도 시인은 "벗어놓은 나를 다시 입"는 탈자아, 탈주체의 과정을 거쳐 비로소 자기 확인에 도달하게 된다. 벗어야 다시 입을 수 있다. 변한 게 있어야 변하지 않은 걸 확인할 수 있다. 배를 타고 바다에 나가면 나는 그대로인데 섬과 등대와 양식장 부표가 빙빙 돈다. 실은 그것들이 그대로이고 내가 돌고 있는 것이지만 그걸 미처 몰라 표류한다. 하지만 나를 태운 배가 빙빙 돈다는 것, 내가 변한다는 것, 나를 둘러싼 삶의 형식들이 끊임없이 바뀐다는 걸 알고 있으면 망망대해에서도 길을 잃지 않을 수 있다.

　정치인이나 연예인처럼 다수에게 각인된 얼굴은 일종의 상징이다. "닮은"의 발화자들은 대개 익숙하고 보편적인 상징에다 타자를 겹치는 이미지의 동일시를 통해 타자의 이질성을 상쇄하려 한다. 생경한 타자를 나에게 익숙한 것으로 만들어야 편안해지는 마음이 누구에게나 있다. 어쩌면 시도 그 마음에서 탄생한 것인지 모른다. 시 역시 서로 다른 대상 사이의 "닮은"을 발견하는 과정이기 때문이다. 그 과정에서 비유가 발달했지만 "닮은"이라는 직유는 비유의 가장 원초적인 방법론에 지나지 않는다. 비유가 확실하고 보편적인 상징과 밀착할수록 그것은 대상의 추상성을 말살하는 발화자의 자기중심적 언어 행위가 될 뿐이다. 그런데 시인은 심신과 신현준과 고로와 오사마 빈라덴과 박목월과 박인환 들로 견고하게 짜인 상징의 스크럼을 뚫고 끝내 "잘생긴 시인"이라는 추상의 얼굴로 솟아오른다. 대상 스스로 상징을 무한히 받아들임으로써 오히려 상징을 무효화한다. 수많은 얼굴들이 어떻게든 고영민으로 귀결되는 이 마법은 우리의 삶이 상징이 아닌 알레고리임을 다시금 증언한다. "잘생긴 시인"이라는 이야기가 총체적인 맥락이 되어 일상의 우연과 파편, 삶의 여러 형태를 넉넉히 담아내는 건 부러운 일이다.

슈퍼에 가 '설레임' 아이스크림 있냐고
묻는다는 것이
망설임 있어요, 라고 잘못 말했는데
가게 주인이 아무 망설임 없이
설레임을 꺼내다준다

영화관에서 단적비연수 두 장 달라는 것을
단양적성비 두 장 달라고 말했는데
단적비연수 표를 내줬다는,
형식과 내용이 합일하는 이런 경이로움을
나는 사랑한다

문득, 비 오는 바다가 보고 싶어
아침 일찍 오도리 해변에 나갔다가 돌아와
밀란 쿤데라가 94세의 나이로 별세했다는 뉴스를 본다
시간당 60mm,
비가 저렇게 오면 바다도 넘치지 않을까

이름이 '나보라'인 신입 직원에게
영문 이름을 지어줬다
Look at me!

해피 투게더를

햇빛 두 개 더, 라고 말하는 이가 있다

후배 시인이 아는 할머니 한 분은

헤이즐넛 커피를 해질녘 커피로

알고 있다

            —「참을 수 없는 존재의 가벼움」 전문

  상징은 심미적으로 형식과 내용의 일치를 추구한다. 고급 세단과 명품 슈트가 부의 형식이 되듯 내용이 요구하는 형식, 형식이 요구하는 내용이 분명하다. 오목한 파트와 볼록한 파트가 결합하는 레고처럼 상징은 형식과 내용이 맞아떨어져야 의미 작용을 할 수 있다. 그러나 '다르게 말하기'인 알레고리에서는 모로 가도 서울만 가면 된다. 근사한 문으로 들어가는 것보다 때로는 대충 머리만 집어넣으면 다 들어가지는 개구멍을 통과할 때의 쾌감이 크다. 우리는 왜 강변의 유원지에서 멀쩡한 팬을 두고 펑퍼짐한 돌판을 주워다 삼겹살을 굽는가? 왜 바닷가에서 소주잔 대신 소라 껍데기에 술을 따라 마시는가? 문 아닌 것이 문이 되고 잔 아닌 것이 잔이 될 때 원리와 규칙으로 빽빽한 상징계가 헐거워진다. 그 헐거운 틈으로 빛이 들고 숨이 들고 새소리와 빗물이 들어 고착된 기존의 의미 세계는 새로운 해석의 예감으로 약동하게 된다.

  설레임과 망설임, 단양적성비와 단적비연수, 해피 투게더

135

와 햇빛 두 개 더, 헤이즐넛 커피와 해질녘 커피는 모두 "형식과 내용이 합일하는 이런 경이로움"이다. 이 시구에는 투명한 괄호 안 문구가 있다. 다시 읽자면 "(서로 생판 모르는) 형식과 내용이 (뜻밖에) 합일하는 (황당한) 경이로움"이다. 시인은 일그러지더라도 어떻게든 의미에 도달하는 언어의 탄력적인 자율성과 복원성을 신뢰한다. 「늙은 시」에서 "무엇에도 도달할 수 없다"던 시인의 언어는 이제 가만히 내버려두면 알아서 구체적 개념에 가닿는 야생성을 회복했다. 세계도, 나도, 그리고 언어도 모두 흐르고 변하는 것임을 받아들일 때, 멈춰버린 삶의 본래적 상태 대신 생동하는 현재적 상태를 더 바짝 끌어안을 때 사랑은 패스워드처럼 반드시 "단적비연수"여야만 열리는 살벌한 보안의 세계가 아니라 "단양적성비"여도 망설임 없이 들어갈 수 있는 장날의 잔치판이 된다. 우리는 일치의 일치보다 불일치의 일치에 더 매혹을 느끼며, 완벽히 이해할 수 없어도 완전히 사랑할 수는 있는 사람들이다. 한 치의 오차 없는 발화보다 잘못 말한 "햇빛 두 개 더"와 "해질녘"이 더 아름다운 여기가 바로 우리가 사는 세상이다.

　태국에는 가슴이 울림통이 되는 란나 왕국 시대의 핀피아라는
　악기가 있다 반원의 울림통을 가슴에 대고 연주하는데 마음에 따라

늘 소리가 다르다고 한다

—「악기」 부분

"마음에 따라 늘 소리가 다르다"는 악기 "핀피아"는 곧 시인의 메타포가 아닐까. 늘 같은 소리를 내는 악기는 좋은 악기가 아니다. "훌륭한 바이올리니스트가 오랫동안 연주해온 바이올린은 결국 그 아름다운 소리를 내부에 담게 된다. 나무는 단단하고 서정적인 음율을 간직하려고 하는 것이다. 일정한 진동이 오랜 세월 반복되면, 정상적인 모든 노화 과정과 함께 나무의 내부에 미세한 변화가 생길 수 있다. 우리는 세포 차원의 이러한 변화를 풍부한 음색으로 지각한다. 시적인 언어로 말하면, 나무는 기억한다"*는 과학적 진실처럼 시인의 정상적인 모든 노화 과정과 함께 시의 내부에 미세한 변화가 생기고, 우리는 그것을 풍부한 시적 울림으로 지각한다. 고영민이라는 악기는 이제 "나는 나보다 더 오래/ 울 수 있"(「그날 입은 옷」)다.

시인은 말한다. "이건 연습이에요/ 연습일 뿐이에요"('시인의 말')라고. 공식 경기는 결과가 번복되지 않지만 연습에서는 아무리 져도 괜찮다. 순위 결정전에서 이기기 위해 '침대 축구(Grass Rolling)'만 지시하는 중동의 축구 감독

---

* 다이앤 에커먼, 『감각의 박물학』, 백영미 옮김, 작가정신, 2012, 304쪽.

도 연습에서는 선수들이 하고 싶은 대로 하게 내버려둔다. 죽음이라는 공식적인 종료를 맞이하기 전까지는 우리의 삶도 연습이다. 무수한 변화와 전환, 반복과 취소가 자연스러운 리허설 현장이다. 내일 더 아름답게 사랑하기 위해 오늘 우리는 사랑을 연습하고 있다. 어제 실패한 사랑의 포메이션을 오늘 새로 바꾸며, 둥근 마음을 "가장 높이 올랐을 때 키스"(「관람차」)로 쏘아올리는 훈련을 반복하는 중이다. 이 즐거운 연습 가운데 고영민의 시집을 가슴에 대면, 마음에 따라 다르게 읽히는 문장들 속에서 말갛게 솟아오르는 얼굴들이 있을 것이다.

고영민 1968년 충남 서산에서 태어났다. 중앙대 문예창작학과를 졸업했다. 2002년 『문학사상』을 통해 등단했다. 시집으로 『악어』『공손한 손』『사슴공원에서』『구구』『봄의 정치』 등이 있다.

— 문학동네시인선 222
햇빛 두 개 더
ⓒ 고영민 2024

— 초판 인쇄 2024년 9월 24일
초판 발행 2024년 10월 8일

지은이 | 고영민
책임편집 | 김봉곤
편집 | 이재현
디자인 | 수류산방(樹流山房) 본문 디자인 | 최미영
저작권 | 박지영 형소진 최은진 오서영
마케팅 | 정민호 서지화 한민아 이민경 왕지경 정경주 김수인 김혜원 김하연
         김예진
브랜딩 | 함유지 함근아 박민재 김희숙 이송이 박다솔 조다현 정승민 배진성
제작 | 강신은 김동욱 이순호
제작처 | 영신사

펴낸곳 | (주)문학동네
펴낸이 | 김소영
출판등록 | 1993년 10월 22일 제2003-000045호
주소 | 10881 경기도 파주시 회동길 210
전자우편 | editor@munhak.com
대표전화 | 031) 955-8888 팩스 | 031) 955-8855
문의전화 | 031) 955-2696(마케팅), 031) 955-2660(편집)
문학동네카페 | http://cafe.naver.com/mhdn
인스타그램 | @munhakdongne 트위터 | @munhakdongne
북클럽문학동네 | http://bookclubmunhak.com

ISBN 979-11-416-0134-8 03810

www.munhak.com

— **문학동네**